AF460852

Vente du Vendredi 13 Novembre 1885

HOTEL DROUOT, SALLE N° 4

A DEUX HEURES PRÉCISES

BELLE COLLECTION
D'ESTAMPES
MODERNES

PAR

Bracquemond, Calamatta, E. Delacroix
Meissonier
Jacquemart, J.-F. Millet, Rajon, Waltner, J.-J. Tissot, etc.

La BERGERIE, de Ch. JACQUE
La JOCONDE, par CALAMATTA
ŒUVRE de LEGROS

Me Henri LECHAT
COMMISSAIRE-PRISEUR
rue Baudin, 6 (square Montholon)

M. Ch. DELORIÈRE
ÉDITEUR, MARCHAND D'ESTAMPES
rue de Seine, 15

PARIS — 1885

Vve RENOU et MAULDE

IMPRIMEURS DE LA COMPAGNIE DES COMMISSAIRES-PRISEURS

Rue de Rivoli, 144

CATALOGUE

D'UNE BELLE COLLECTION

D'ESTAMPES

MODERNES

PAR

Bracquemond, Calamatta, E. Delacroix
Meissonier
Jacquemart, J.-F. Millet, Rajon, Waltner, J.-J. Tissot, etc.

La BERGERIE, de Ch. JACQUE
La JOCONDE, par CALAMATTA
ŒUVRE de LEGROS

DONT LA VENTE AURA LIEU

HOTEL DROUOT, SALLE N° 4

Le Vendredi 13 Novembre 1885

A DEUX HEURES PRÉCISES

Par le ministère de **Me Henri LECHAT**, Commissaire-Priseur,
rue Baudin, 6 (square Montholon),

Assisté de **M. Ch. DELORIÈRE**, Éditeur, marchand d'Estampes,
rue de Seine, 15.

PARIS — 1885

CONDITIONS DE LA VENTE

La vente sera faite au comptant.

Les Adjudicataires paieront CINQ POUR CENT en sus des enchères.

L'Expert se réserve la faculté de rassembler ou de diviser les lots.

Aucune réclamation ne sera admise une fois l'adjudication prononcée.

M. CH. DELORIÈRE remplira les Commissions qui lui seront confiées.

DÉSIGNATION

BALZAC (H.)

1 — Son portrait, dessiné et gravé par Lévy, pour in-8.

Épreuve d'artiste sur chine.

BOILVIN

2 — Agacerie. Eau-forte originale.

Épreuve avant la lettre sur chine.

BRACQUEMOND (F.)

3 — Son portrait à 40 ans, gravé à l'eau-forte, par Rajon, 1873.

Épreuve d'artiste avec les essais de pointe, sur japon. Très rare.

4 — Portrait du peintre A. Legros.

Épreuves sur japon du 1er état. Avec les mains (B. 73). Rare.

5 — Carte de visite de P. Guichard (B. 325).

Épreuve sur japon du 2e état. Tiré à 4 ou 5 épreuves. Rare.

6 — Portrait de Charles Desforges de Vassens. Eau-forte originale.

Très bel épreuve d'artiste sur hollande.

BRACQUEMOND

7 — Portrait de M. Robert. Eau-forte originale.

Épreuve d'artiste sur japon.

8 — Portrait d'Erasme, d'après Holbein.

Épreuve sans lettre sur chine.

9 — Boissy d'Anglas, président de la Convention, d'après E. Delacroix.

Épreuve avec la lettre sur japon.

10 — Vanneaux et Sarcelles. Eau-forte originale.

Épreuve avant la lettre sur hollande (tiré à 5 ou 6 épreuves cat. Beraldi, n° 175).

11 — La Servante, d'après Leys.

Épreuve sur hollande du 2ᵉ état (B. 280).

12 — Le haut d'un battant de porte.

Épreuve sans lettre sur japon, et épreuve avec lettre sur hollande. 2 pièces.

13 — Promenade vénitienne, d'après Bonnington.

Épreuve avant la lettre sur hollande.

14 — Ils s'en allaient dodelinant de la tête, etc. (B. 125).

Épreuves sur japon.

BUHOT (Félix)

15 — La Fête Nationale, au boulevard Clichy. Eau-forte originale.

Épreuve du 3ᵉ état. Avec les croquis dans les marges, sur hollande.

BUTIN (U.)

16 — Enterrement d'un marin, gravé par Monziès. Grande eau-forte.

Épreuve d'artiste sur japon.

CALAMATTA

17 — Masque de Napoléon.

Épreuve d'essai, signée.

18 — Portrait de Mercury.

Belle épreuve avant la lettre. Rare.

19 — **La Joconde**, d'après Léonard de Vinci.

Épreuve avant toutes lettres.

CATALOGUES

20 — Catalogue de 24 tableaux modernes. Collection Deforge, 1857, in-8 broché, illustré, gravures sur bois dans le texte.

21 — Catalogue de la collection B. Narischkine, 1 vol., petit in-4 illustré de 17 eaux-fortes et gravures sur bois. *Paris*, 1883.

COURBET (G.)

22 — L'Apôtre Jean Journet. Complainte. Lithographie originale.

Épreuve sur chine avec la complainte. Rares. Petites déchirures.

COURTRY (Ch.)

23 — La Fille du passeur, d'après Adan.

Épreuve avant la lettre sur japon.

DALOU

24 — La République. Eau-forte par Mordant.

Épreuve de remarque sur wathmann.

DANNAT

25 — Le Contrebandier. Eau-forte par Le Sueur.

DAUBIGNY (C.)

26 — Les Vendanges. Eau-forte originale.

Épreuve sans lettre. Tirée sur vieux papier.

27 — Le Gué. Eau-forte originale.

Épreuve sans lettre. Tirée sur vieux papier.

28 — Coup de Soleil, d'après Ruysdael.

Épreuve d'état, sur hollande.

29 — La même pièce.

Épreuve d'artiste, terminée sur chine.

DECAMPS

30 — Le Chercheur de truffes. Lithographié par Soulange Teissier.

Épreuve sur chine. Marges.

DEFAUX (Alex.)

31 — Port de Pont-Aven (Finistère). Eau-forte par Daumont.

Épreuve d'artiste, sur japon. Les noms à la pointe.

DELACROIX (E.)

32 — Son portrait d'après lui-même. Lithographié par Letoula.

Épreuve d'artiste sur chine, signée.

33 — Son portrait. Lithographié par Lessore.

Épreuve d'artiste sur chine, signée.

34 — Macbeth chez les sorcières. Lithographie originale.

Épreuve sur chine.

35 — Weislingen prisonnier de Goetz. (Cat. Moreau, n° 26). Lithographie originale.

Épreuve sur chine, avec les croquis 1er état. R. R.

36 — Pièces tirées du Faust. — Il grogne et n'ose nous aborder, etc. — De temps en temps j'aime à voir le vieux Père. Lithographies originales.

37 — Lion déchirant le corps d'un Arabe. Eau-forte originale.

Épreuve tirée en sanguine sans lettre.

38 — Tigre couché dans le désert. Eau-forte originale.

Épreuves sur chine du 1er état (catalogue Moreau, n° 6). Très rare.

39 — Lion dévorant un cheval. Lithographie originale.

Épreuve sur chine.

**

DELACROIX (E.)

40 — Cheval sauvage. Lithographie originale.

Superbe épreuve sur chine, avec le timbre de Bertauts.

41 — Pièces tirées de Hamlet. Lithographies originales. Voudriez-vous jouer de cette flûte, etc. — Les vêtements appesantis et trempés, etc.

Bonnes épreuves.

DESBOUTIN

42 — Portrait de la duchesse de Colonna. Pointe sèche originale.

Épreuve d'artiste sur hollande.

43 — Promenade de Bébé. Pointe sèche originale.

Épreuve avant la lettre sur hollande.

DEVÉRIA

44 — La naissance de Henri IV. Eau-forte par Ramus.

Épreuve d'artiste, sur japon. Les noms à la pointe.

45 — Portrait de Mme Pauline Garcia-Viardot. Lithographie in-fol.

Mouillure dans un coin de la marge.

46 — Portrait de Rubini. Lithographie in-fol.

Belle épreuve. Mouillure dans un coin de la marge.

FLAMENG (Léopold)

47 — Le Marquis de la Vessie. Eau-forte originale.

Épreuve sur chine.

FLAMENG (L.)

48 — Gilles, d'après Watteau. (Galerie Lacaze). Eau-forte.

Très belle épreuve avec remarque, sur japon, signée; petite marge.

49 — Portrait de femme, d'après le tableau de la galerie Lacaze.

Épreuve d'artiste sur chine, signée.

50 — L'Abondance (Marie de Médicis), d'après Rubens.

Épreuve d'artiste, sur chine, signée.

51 — Caroline Murat, d'après Isabey.

Épreuve avant toutes lettres, sur chine. Très rare. Planche faite pour la princesse Anna Murat.

52 — Portrait de Greuze. Eau-forte.

Deux très belles épreuves d'artiste.

53 — Portraits de Mlle de La Vallière et de Mme de Caylus, d'après les émaux de Petitot, imprimés sur la même feuille.

Rare épreuve avant la planche coupée.

54 — Portrait de Ch. Méryon, sur son lit à l'hôpital.

Épreuve sur japon avec la lettre.

FORTUNY

55 — Portrait de Velasquez, in-8. Eau-forte.

Épreuve sur hollande. Petite mouillure dans marge.

FRANÇOIS (J.)

56 — Famille italienne sur les marches du Vatican, d'après Léopold Robert.

Très belle épreuve d'artiste, sur chine, avec dédicace, signée.

FULLWOOD (John)

— The hour of rest. — The Days of Harvest. Eaux-fortes originales.

Très rares épreuves de remarque sur parchemin, signées.

GAILLARD

58 — OEdipe, Masque du Dante, Vierge de la maison d'Orléans.

Épreuves sur chine.

59 — Portrait de Mgr Pie.

Épreuve sur chine avant la lettre.

60 — La Tête de cire.

Épreuve d'artiste, sur chine, signée par l'artiste.

GAVARNI

61 — Costumes historiques pour travestissements. *Paris*, Baugier et Ce. 12 lithographies originales, dans la couverture de publication, in-4.

62 — Melingue, acteur et statuaire, en pied.

Épreuve sur chine teintée.

63 — La Chanson de table. Grande lithographie originale.

Belle épreuve.

64 — Portrait du prince Napoléon en pied.

Épreuve sur chine.

GAUJEAN

65 — Le Benédicité, d'après Chardin. Gravure imprimée en couleurs.

Épreuve d'artiste.

GÉROME (D'après J.-L.)

66 — Le Muezzin. Eau-forte par Rajon.
Épreuve sur chine volant.

67 — Un Duel après le bal. Eau-forte par Rajon.
Épreuve sur chine volant.

68 — Alcibiade chez Aspasie. Eau-forte par Courtry.
Épreuve sur chine volant.

69 — L'Almée. Eau-forte par Courtry.
Épreuve sur chine volant.

70 — Rembrand dans son atelier. Eau-forte par Rajon.
Épreuve sur chine volant.

71 — Corps de Garde d'Arnaudes au Caire. Eau-forte de Rajon.
Épreuve sur chine volant.

72 — Jeunes Grecs à la Mosquée. Eau-forte par Rajon.
Épreuve sur chine volant.

GOYA

73 — Portraits équestres d'après Velasquez. 4 pièces.
Belles épreuves.

GUÉRARD (Henri)

74 — Son portrait. Pointe sèche par Gœneutte.
Épreuve d'artiste, sur hollande, signée.

HENRIQUEL-DUPONT

75 — Mirabeau à la Tribune, d'après Paul Delaroche.

Épreuve sur chine, signée.

76 — Les Pélerins d'Émaüs, d'après Paul Véronèse.

Épreuve in-f°, sur chine, non terminée. Très rare.

HERVIER

77 — Catalogue des tableaux par Hervier. Vendus le 5 avril 1875, Hôtel Drouot. Illustré de 6 eaux-fortes originales. Rare.

HERKOMER (H.)

78 — Portrait de Richard Wagner.

Épreuve avant toutes lettres, sur hollande, signée de l'artiste.

HILLEMACHER

79 — Portraits de François Ier. — Gaston duc d'Orléans. 2 pièces.

Belles épreuves.

HUGO (Victor)

80 — Son portrait gravé par Chenay en 1860.

Épreuve d'artiste, sur chine, signée.

HUOT

81 — Le baron Denon, d'après Prud'hon.

Belle épreuve sur chine.

INGRES

82 — Son portrait, dessiné par lui-même et gravé par Calamatta. Rome 1835.

Très belle épreuve sur chine avant la lettre, signée de Ingres.

83 — Portrait de M. Labrousté, gravé par Dien.

Épreuve sur chine avant la lettre, avec dédicace à M. His de Lasalle.

84 — Portrait de Mme Devauçay, gravé par Flameng.

Épreuve sur chine signée.

85 — Portrait de M. Marcotte, gravé par Calamatta avec dédicace à M. Cauvet.

Belle épreuve sur chine avant la lettre.

86 — Portraits de MM. H. Leclère et Prévost, gravés par Mme Gérard.

Belles épreuves sur chine avec la lettre.

87 — Portraits de MM. Gatteaux et Ch. Dupaty, 2 pièces.

Épreuves avec la lettre.

88 — Portraits de Paganini, gravé par Calamatta.

Épreuve du 1er état, rare.

89 — Portrait de Chérubini, lithographié par Sudre.

Très belle épreuve avant la lettre, sur chine, n° 34.

90 — La Source, gravé par Flameng.

Épreuve avant toutes lettres, sur chine.

JACQUE (Ch.)

91 — Supplément au catalogue dressé par J.-J. Guiffrey. *Paris*, Jouaust, 1884. 1 volume, petit in-8, broché.

JACQUE (Ch.)

92 — **La Bergerie** (Cat. J.-J. Guiffrey, n° 161). Pièce capitale du maître.

Très belle épreuve sur hollande, tirée en bistre, signée par l'artiste, toutes marges.

JACQUEMART (Jules)

93 — Appendice au catalogue de son œuvre, par L. Gonse. Brochure in-8 illustrée de 4 eaux-fortes de Jacquemart. Paris 1881, tiré à 60 exemplaires.

94 — Une habitation à Fécamp. Eau-forte originale.

Épreuve sans lettre, sur papier du Japon.

95 — Le Supplicié japonais. Eau-forte.

Épreuve sur japon.

96 — Le Coq (Frontispice pour la Société des Aqua-Fortistes).

Épreuve d'artiste sur hollande.

97 — Voyage à la Terre-Sainte, 2 pièces gravées d'après les miniatures de la Bibliothèque Nationale.

Très belles épreuves sur hollande.

98 — Plante de serre. Grande eau-forte originale.

Épreuve avec la lettre sur hollande.

99 — L'Écureuil et la Mouche.

Très belle épreuve d'état, avant la lettre.

100 — Laque blanc.

Épreuve du 1er état sur japon.

JACQUEMART (Jules)

101 — Le Soldat et la Fillette qui rit, d'après Van der Meer de Delft.

Épreuve sur chine, avant lettre, les noms à la pointe.

102 — Les Quatre Éléments. Suite de 4 pièces et le titre gravé.

Épreuves sur hollande avant les n^os^.

103 — Une Exécution au Japon.

Très belle épreuve d'état, sur hollande.

104 — La Belle Fille, d'après Goya.

Épreuve d'artiste, 2e état, sur japon.

JONGKIND

105 — Cahier de 6 eaux-fortes originales. Vues de Hollande. Delâtre, 1862. 7 pièces avec le titre.

Épreuves sur hollande, petites marges, suite, rare.

LAWRENCE (Th.)

106 — Innocence, gravé par Jazet.

Belle épreuve.

LEGROS (A.)

107 — Vieillard assis (M. et T., n° 17), Eau-forte.

Épreuve sur japon dont il n'a été tiré que trois épreuves.

108 — Portrait de A. Delâtre. Eau-forte (M. et T., n° 19).

Épreuve du 2e état, sur whatmann.

109 — Portrait de l'artiste. Eau-forte.

Très belle épreuve sur hollande, rare.

LEGROS (A.)

110 — La Petite Marie. Pointe sèche (M. et T., n° 30).

Épreuve sur papier teinté.

111 — Portrait de M. Jourde (Cat. M. et T., n° 31).

Très belle et rare épreuve du 1er état, tirée à huit exemplaires. Pointe sèche.

112 — Portrait de **S. E. le Cardinal de Manning.**

Épreuve sur wathmann, 2e état, signée (Catalogue Malassis et Thibeaudeau, n° 43), tirée à cent exemplaires, n° 57, rare.

113 — La Mort de Saint François (Cat. M. et T., n° 56).

Très belle épreuve du 3e état sur chine, volant.

114 — Les Chantres espagnols (M. et T., n° 59).

Épreuve du 3e état sur hollande, avant toutes lettres.

115 — La Lecture de l'Office. Pointe sèche (Cat. M. et T., n° 64).

Très belle épreuve sur chine français, volant.

116 — Job. Eau-forte originale (M. et T., n° 67).

Épreuve du 3e état, rare.

117 — Le Manège. Eau-forte originale (Cat. Malassis et Thibaudeau, n° 75.)

Épreuve sur hollande avec la signature à la gauche inférieure, état intermédiaire entre le 2e et 3e.

118 — La même pièce.

Épreuve sur hollande avec lettre, petites marges.

119 — Paysanne des environs de Boulogne. Eau-forte (M. et T., n° 80).

Épreuve sur japon, 1er état.

LEGROS (A.)

120 — Portrait de sir Frédérick Leighton, président de l'Académie royale.

Très belle épreuve avant le nom, sur wathmann.

121 — Le Géographe. (Cat. M. et T., n° 134). Pointe sèche.

Très belle épreuve sur japon, rare.

122 — Le Joueur de viole. (Cat. M. et T., n° 135).

Très belle épreuve sur japon, rare.

123 — Ex-libris, Edwin Edwards. (Cat. M. et T., n° 161).

Très rare épreuve du 3e état, sur chine, volant.

124 — Titre pour une suite d'Eaux-fortes publiées à Londres.

Épreuve du 1er état (Cat. M. et T., n° 162), sur japon, rare, avec l'épreuve terminée avec les inscriptions.

125 — Portrait de M. Gambetta.

Belle épreuve avec la lettre, sur wathmann.

LELOIR (Maurice)

126 — La Dernière Gerbe, Eau-forte, par Ruet

Très belle épreuve avec remarque, sur chine.

LEPIC

127 — Croquis hollandais et autres. 11 eaux-fortes originales y compris le titre.

Épreuves d'artiste sur chine volant.

LÉVY

128 — Portrait de Lamartine, d'après le buste d'Adam. Gravure.

Épreuve d'artiste avec inscription à la pointe, sur chine, grandes marges.

MANET (Édouard)

129 — Le Fleuve, par Ch. Cros. Eau-forte intercalée dans le texte. Une brochure in-8°, brochée, tirée à cent exemplaires, n° 20.

130 — Les Gitanos. Eau-forte originale.

Épreuve sur hollande, avant la lettre.

MARTIAL

131 — L'Étude. Eau-forte originale.

Épreuves d'essai sur chine, signée.

MEISSONIER (E.)

132 — Polichinelle. Eau-forte originale.

Très belle épreuve avec grandes marges.

133 — Un Lansquenet, gravé par Le Rat. Eau-forte.

Épreuve avec lettre.

134 — Les Joueurs de Cartes. Eau-forte, par Le Rat,

Épreuve sur chine avec lettre.

135 — Le Peintre. Eau-forte, par P. Rajon.

Épreuves sur chine avec lettre.

MEISSONIER (D'après E.)

136 — Une Halte. Gravé par Lalauze.

Épreuves sur hollande avec lettre.

137 — Le Fumeur flamand. Eau-forte, par Rajon.

Épreuve avec lettre sur chine.

138 — Sur la Barricade. Eau-forte, par T. de Marc.

Épreuves sur japon.

139 — Les Amateurs d'Estampes. Eau-forte, par J. Jacquemart.

Épreuve sur japon, tirée en sanguine.

140 — Homme d'armes Henri II. Lithographie, par Dufourmantelle.

Épreuve sur chine.

141 — Jeune Homme jouant de la basse. Lithographie, par Mouilleron.

Épreuve sur chine.

142 — Une Halte. Eau-forte, par Lalauze.

Épreuve sur hollande, avec lettre.

143 — Défilé des populations lorraines à Nancy devant l'Impératrice et le Prince Impérial. Eau-forte, par Jules Jacquemart.

Épreuve sur hollande, les noms à la pointe.

144 — Une Lecture chez Diderot. Eau-forte, par Mongin.

Épreuve sur hollande avec lettre.

MEISSONIER

145 — L'Audience, fac-similé, par Alf. Robant.

Épreuve sur chine, rare.

146 — Le Liseur. Eau-forte, par P. Rajon.

Épreuve avec lettre sur chine.

147 — Liseur. Lithographie, par Nanteuil.

Épreuve sur chine.

148 — Le Guitariste. Lithographie, par Mouilleron.

Épreuve sur chine.

149 — Portrait de A. Dumas fils, gravé par Mongin.

Épreuve non terminée, signée.

150 — La même pièce.

Épreuve terminée, artiste, sur chine, signée.

MERCURY

151 — Portrait T. Tasso.

Très belle épreuve avant toutes lettres.

152 — Portrait de Mme de Maintenon, d'après la miniature de Petitot.

Très belle épreuve sur chine, avant l'entourage.

MEYERBEER

153 — Son Portrait, gravé par Chenay, d'après un dessin de Geoffroy fait en 1832.

Épreuve d'artiste sur chine, signée, rare.

MERYON (Ch.)

154 — Vue de San-Francisco. Eau-forte originale.
Très belle épreuve sur hollande.

MILLET (J.-F.)

155 — Souvenir de Barbizon, par Piedagnel ; 1 volume in-8° br., illustré de 1 portrait, et 9 eaux-fortes, par Beauverie F. Rops, Lalanne, Lalauze, etc. Ce volume contient le Catalogue des eaux-fortes de J.-F. Millet.

156 — Croquis. Eaux-fortes originales, 4 pièces dont il n'a été tiré que 10 épreuves, sur vieux papier. Rare.

157 — La Veillée. Eau-forte originale. Pièce très rare.
Belle épreuve sur japon.

158 — Les Bêcheurs. Eau-forte originale.
Très belle épreuve tirée sur parchemin.

159 — Femme donnant à manger à son Enfant. Eau-forte originale.
Épreuve sur hollande sans le titre.

160 — Le Départ pour le Travail. Eau-forte originale.
Épreuve sur japon, tirée en bistre.

161 — Bergère assise. Bois gravé par P. Millet.
Épreuve tirée sur papier rouge.

162 — La Fin de la journée. Eau-forte par L. Coutil.
Épreuve d'artiste, sur japon, signée.

163 — Les premiers Pas. Eau-forte par G. Grueux.
Belle épreuve, sur hollande.

MONGIN

164 — The North. Paysage d'après Millais.

Belle épreuve.

165 — Portrait de Mme Orchardson.

Épreuve d'artiste, sur parchemin, signée.

MONNIER (H.)

166 — Vues de Paris. — Avant dîner. — Après dîner. — Parenté de province. — Aristocratie financière.

Quatre pièces. Épreuves coloriées, grandes marges.

167 — Un Propriétaire. Lithographie originale.

Épreuve. Grandes marges.

MORDANT

168 — Jeune femme à sa toilette. D'après Edelfelt.

Épreuve de remarque, sur japon.

MUNKACSY

169 — Le Christ devant Pilate. Eau-forte par Mongin.

Épreuve d'artiste, avec remarque, sur parchemin, signée.

NANTEUIL (Célestin)

170 — Décors pour le bal d'Alexandre Dumas. 5 sujets sur la planche, dont 2 pouvant servir pour Notre-Dame de Paris de V. Hugo.

Épreuve, sur chine, grandes marges.

PANNIER

171 — Portrait du Poussin. Gravure d'après Le Poussin.

Épreuve avant la lettre, sur chine.

PISSARO

172 — Femme renversant du fumier. Pointe sèche originale.

Épreuve d'état, sur hollande.

PONCHARD

173 — Son Portrait. Gravé par Chenay, d'après le croquis de Galimard (1850).

Épreuve d'artiste, sur chine, signée.

PRUD'HON

174 — La Surprise au bain. Vignette gravée par Roger.

Épreuve avec la tablette sans inscription.

175 — Le même sujet. Lithographie, par G. Bellanger.

Épreuve sur chine, teinté. Deux épreuves.

176 — Abracome e Anzia. Vignette gravée par Roger.

Belle épreuve.

177 — L'Amour et l'Amitié. Lithographie par Aubry-Lecomte.

Épreuve sur chine, grandes marges.

178 — Portrait du jeune Gouvion de Saint-Cyr. Lithographie originale.

Très belle épreuve ancienne, avant la lettre. Marges.

RAJON

179 — L'Étudiant. Eau-forte d'après Steinheil.

Épreuve sur chine.

180 — La même pièce.

Épreuve sur chine volant (avant le titre).

181 — Portrait de Bracquemond. D'après lui-même.

Épreuve d'artiste, sur parchemin.

182 — Le Cardinal de Newmann. D'après Oulès.

Épreuve, avant la lettre, sur hollande.

183 — Portrait de Murillo, peintre. Eau-forte.

Épreuve d'artiste, signée à la pointe, sur chine.

RÉGNAULT (H.)

185 — Portrait de Mme la comtesse de Barck. Eau-forte par G. Grueux.

Épreuve d'artiste, sur hollande.

ROYBET (F.)

186 — Le Fou. Eau-forte originale.

Épreuve d'artiste, avant la lettre, sur hollande.

SALMON (E.)

187 — Les Fauconniers. D'après Bida.

Épreuve d'artiste, sur hollande, signée.

SOMM (H.)

188 — Japonisme. Pointe sèche originale.

Épreuve sur hollande.

TISSOT (J.)

189 — Entre les deux mon cœur balance. Eau-forte originale.

Épreuve signée.

190 — La Galerie du *Calcuta* (Souvenir d'un bal à bord) Eau-forte.

191 — Winter's Walk.

Belle épreuve.

192 — Croquet.

Épreuve sur hollande.

193 — Le Portic de National galerie.

Épreuve sur hollande, signée.

VERBOECKHOVEN (Eug.)

194 — Eaux-fortes originales.

Belles épreuves. Vingt et une pièces.

VERNET (Carle)

195 — Cheval de Cosaque et autres. 4 pièces. Lithographies.

WALTNER (Ch.)

196 — The Thames. Eau-forte d'après Fred. Walker.

Très belle épreuve d'essai, sur japon.

197 — Portrait d'homme. D'après Rubens.

Épreuve, avant la lettre, sur hollande, le nom à la pointe.

198 — Portrait de Mme Bischoffsheim. D'après Millais.

Épreuve, avant toutes lettres, sur japon.

199 — La Musique. D'après Delaplanche.

Épreuve d'artiste, sur japon, tirée en sanguine.

200 — The Wayfarers. Eau-forte d'après Walker.

Épreuve avec lettre.

201 — Sous ce numéro il sera vendu un grand nombre d'Eaux-fortes non cataloguées.

Vve Renou et Maulde, imprimeurs de la Compagnie des Commissaires-Priseurs, rue de Rivoli, 144. 400—62490

Ch. DELORIÈRE, Éditeur

A PARIS, RUE DE SEINE, 15

DERNIÈRES PUBLICATIONS

LA DAME AU MANCHON

(*Portrait de Mme Molé Raymond*)

Gravé par JASINSKI, d'après Mme VIGÉE LE BRUN

(Musée du Louvre)

HAUTEUR 0m360 — LARGEUR 0m280

100 Epreuves d'artiste avec remarque sur parchemin, signées .... 100 fr.
75 Epreuves d'artiste avec remarque sur japon, signées 60
Epreuves avec la lettre sur hollande.............. 15

MADAME VIGÉE LE BRUN ET SA FILLE

(*Pendant à la Dame au Manchon*)

Gravé par JASINSKI, d'ap. le Tableau peint par Mme VIGÉE LE BRUN

(Musée du Louvre)

HAUTEUR 0m360 — LARGEUR 0m280

100 Epreuves d'artiste avec remarque sur parchemin, signées .... 100 fr.
75 Epreuves d'artiste avec remarque sur japon, signées 60
Epreuves avec lettre sur hollande.............. 15

Paraîtra fin Juin

CLAIR DE LUNE

(*Pendant au Paysage du Tyrol*)

Eau-forte originale de L. DESBROSSES

HAUTEUR 0m49 — LARGEUR 0m35

10 Epreuves de remarque sur parchemin.......... 120 fr.
100 — — sur japon.............. 80
— avec la lettre sur hollande........... 20

www.ingramcontent.com/pod-product-compliance
Ingram Content Group UK Ltd.
Pitfield, Milton Keynes, MK11 3LW, UK
UKHW020221180726
13838UKWH00005B/2121